别忘了虎子

BIE WANGLE HUZI

(英)迈克尔·罗森 著 (英)托尼·罗斯 绘

范晓星 译

语文出版社
·北京·

图书在版编目（CIP）数据

别忘了虎子 /（英）迈克尔·罗森著；（英）托尼·罗斯绘；范晓星译. -- 北京：语文出版社，2021.4
ISBN 978-7-5187-1229-8

Ⅰ. ①别… Ⅱ. ①迈… ②托… ③范… Ⅲ. ①儿童故事－图画故事－英国－现代 Ⅳ. ①I561.85

中国版本图书馆CIP数据核字(2021)第062430号

责任编辑	李　朋
装帧设计	于　轲
出　　版	语文出版社
地　　址	北京市东城区朝阳门内南小街51号　100010
电子信箱	ywcbsywp@163.com
排　　版	语文出版社照排室
印刷装订	北京市科星印刷有限责任公司
发　　行	语文出版社　新华书店经销
规　　格	890mm×1240mm
开　　本	1/32
印　　张	3
版　　次	2021年4月第1版
印　　次	2021年4月第1次印刷
印　　数	1～3,000
定　　价	25.00元

📞010-65253954（咨询）　010-65251033（购书）　010-65250075（印装质量）

北京市版权局著作权合同登记号：图字01-2020-5775号

First published in 2015 under the title of Don't Forget Tiggs by Andersen Press Limited, 20 Vauxhall Bridge Road London SW1V 2SA.

Text copyright©Michael Rosen, 2015

Illustrations copyright©Tony Ross, 2015

All rights reserved.

www.andersenpress.co.uk

This Simplified Chinese edition distributed and published by Language and Culture Press with the permission of Andersen Press Limited.

本书简体中文版由安德森出版有限公司独家授权语文出版社出版发行，简体中文专有出版权经由Bardon Chinese Media Agency取得。

（英）迈克尔·罗森 和
（英）托尼·罗斯 系列作品

贝贝的守护蜂

会放屁的鱼

嘎嘣儿离家记

别忘了虎子

贝莎的特异功能

苹果酥，带你回家

第一章

急匆匆先生和急匆匆太太有急事。他们总是急匆匆的,但今天早上他们急上加急,可以说是有史以来最匆忙的一天。

他们急匆匆地经过冰箱,

又急匆匆地经过厕所。

他们火急火燎,满屋子转。

最最紧急的是,急匆匆太太要去上班啦,她急匆匆地冲出家门……

接着是急匆匆先生,他也要上班。他急匆匆地出发,冲出家门,飞奔到大街上……

值得庆幸的是，至少他们把所有事都忙完了，所以是微笑着去上班的。

棒极了！

可还有一个问题。

急匆匆先生和急匆匆太太有一个儿子,叫小匆匆。在学校里,大家都叫他"匆匆又匆匆"。

那今天早上又是怎么回事呢？原来急匆匆先生和急匆匆太太离开家的时候太着急了，他们急匆匆地冲出家门，却忘了小匆匆。

通常,不是急匆匆先生就是急匆匆太太送小匆匆去上学。

可是今天早上,急匆匆先生以为急匆匆太太送小匆匆上学。

而急匆匆太太以为急匆匆先生送小匆匆上学。

急匆匆先生和急匆匆太太手忙脚乱,都没时间问一下对方:

今天是你送小匆匆上学吗?

也就是说,最后他们谁都没送小匆匆上学!

于是小匆匆坐在自己的卧室里,不知道该怎么办。

他知道,自己太小了,还不能一个人去上学。

他也知道,自己太小了,不能独自待在家。

这可如何是好?

幸运的是,有个小家伙跟急匆匆先生、急匆匆太太和小匆匆住在一起。

——虎子!

虎子看见急匆匆太太离开家。

虎子看见急匆匆先生离开家。

虎子也看见小匆匆被留在了家里。

虎子把这件事前前后后想了一会儿,然后想到了一个主意。

他跑上楼梯,溜进厕所,跳上窗台,从窗缝钻出来,跳到工具棚的顶上。

扑通!

小匆匆抬头看看。

他想：扑通！这个声音我知道。

这是虎子跳到工具棚顶的声音。

然后他会从工具棚顶跳下去，趴在花园里晒太阳。

第二章

话说屋外,虎子的确跳下了工具棚顶。小匆匆猜对了。

但是,虎子没有趴在花园里晒太阳。他蹿上了墙,然后跳到了人行道上。

之后，他缩身弓背，甩开四条腿，像一个长了腿的毛球，在路上飞奔起来。

虎子去追急匆匆先生了。他闻得出急匆匆先生剃须水的味道，于是顺着那一缕香味一直跑……终于，虎子看到急匆匆先生了。他正在汽车站等车呢。

公交车进站了……

虎子朝着急匆匆先生一阵风似的冲了过去。然而,急匆匆先生眼看就要上车了。

但虎子知道怎么办。

他越跑越快,越跑越快,离急匆匆先生越来越近……只见他凌空一跃,飞到半空,朝着急匆匆先生扑了过去。

就在急匆匆先生踏上公交车的时候,虎子跳到了他的肩膀上。

"啊!"急匆匆先生大叫一声,"怎么回事?"

"你的身上有只猫。"一位老妇人热心地回应。

"哦,他叫虎子。"急匆匆先生说。

"嗯,你以为我能知道它叫什么名字吗?"老妇人恼火地说。

虎子咬着急匆匆先生的耳朵使劲儿拉。这可不像是以前那样拉耳朵闹着玩。虎子咬着急匆匆先生的耳朵，一个劲儿朝后拽，让急匆匆先生不得不转过身来，面朝家的方向。

急匆匆先生站在那儿,一头雾水,不知发生了什么。

"您要上车,就赶紧上来。"公交车司机喊道,"如果不想上车,就下去。"他又加了一句。

公交车司机倒是跟那个恼火的老妇人一样"热心"。

虎子不会说话，但他会喵喵叫，觉得自己的叫声就像在说"回家"。

可实际上，他的叫声听起来就是一声声"喵"。

即便如此,急匆匆先生似乎也明白了虎子的意思。他转身对公交车司机说:"虎子想叫我回家。"

"先生,您想去哪儿都可以。"司机说,"如果想坐车走,就上车;如果不想坐车,就请离开。"

"不,我不坐车了,"急匆匆先生说,"我要回家。"

急匆匆先生抱着虎子往家走去。

到底是怎么回事儿呢？急匆匆先生心想。

虎子跳下来在前面领路。

他们一走到门口，虎子就开始挠门。急匆匆先生刚一开门，虎子就急忙冲上楼去找小匆匆。

小匆匆还在自己的卧室呢,几乎没有动地方,因为他在研究墙纸。他盯着床边墙纸上的鸟和鳄鱼图案,边看边想:画错了,都画错了,鸟头上长着鳄鱼身子,鳄鱼头上又拖着鸟尾巴。

"我想我明白为什么会这样了。"小匆匆想,"因为爸爸、妈妈贴墙纸的时候太着急了,没发现墙纸贴错了。"

虎子冲进了卧室,急匆匆先生紧随其后。

"匆匆!"急匆匆先生喊道。

"我在这儿!"小匆匆应声答道。

今早,似乎每个人都非常配合。

"你还没有去学校。"急匆匆先生说。

"对。"小匆匆回答,"我一直在这儿。"

"是啊,"急匆匆先生说,"你还在家呢。"

"你已经把裤子穿好了。"急匆匆先生说。

"您也是呀。"小匆匆回答。

"那你为什么没有去学校呢?"急匆匆先生问。

小匆匆想了一会儿,说:"因为您没送我上学。"

虎子想：这两个人究竟是怎么了？匆匆应该在学校。急匆匆先生和急匆匆太太应该送他去上学。可是他们没送。我把急匆匆先生叫回来，可他还是不送匆匆上学，却在这儿讲些有的没的。

急匆匆先生似乎也意识到了这点。他说:"好吧,你是对的。你真的、真的太对了。匆匆,我们走吧。"

说完,他便拉着小匆匆急匆匆地走出了家门。

此时,虎子想:不知道小匆匆吃早餐了没有。不过,学校应该会有吃的。我知道学校的饭菜是怎么回事。我见过。小匆匆回家以后,我钻到过他校服的口袋里。他在学校会有吃的东西。我肯定。

他停顿了片刻。

吃的东西……嗯……哎哟喂……吃的东西……只是……可是……吃的东西在哪儿呢？我的早餐在哪儿呢？

急匆匆先生和急匆匆太太不是应该给我准备早餐的吗？

虎子走进厨房,来到自己的猫碗边,朝里面看了看……什么都没有。

嘿,这就不好了,他想。他们下班到家之前,我一整天没吃没喝可怎么过呢?

哎呀,怎么办呢?是去要饭,还是抢劫?或者都试试?

于是,就像上次一样,他又来到卫生间,从窗缝钻出来,跳到工具棚顶上,沿着栏杆往前走。

他先试着要饭。

他来到一位推购物车的女士身边,说:"劳驾,能给我点儿吃的东西吗?"

这句话从虎子嘴里出来是这样的:"喵,喵,喵。"

那位女士说:"好可爱的小猫咪!"说着还拍拍虎子的头。

又一个傻瓜,虎子想。我是想要点儿东西吃,她却以为我想让她给我挠痒痒。哪儿跟哪儿啊!

正在这时,他闻到了一股好闻的气味,是从一个桶里飘出来的。虎子来到桶边,试着抢走它。他站到桶盖上,用爪子挠,用鼻子在上面蹭。他在上面又蹦又跳,可没有用。最后,他在桶盖上跳起舞来。

这跟找吃的一点儿关系也没有。

就这样过了一天，直到急匆匆先生和急匆匆太太匆匆忙忙地下班回到家。急匆匆先生没忘记去接小匆匆放学。

真不错。

然而本该轮到急匆匆太太去买菜,她却忘记了。

而这时,全家人都已经饿了。

第三章

"**有**了!"急匆匆先生说,"我们在网上订美食城的外卖吧。"

"你是说那家'想吃什么都有'美食城吗?"

"对,就是那家。"急匆匆先生说。

于是急匆匆先生和急匆匆太太匆匆忙忙地来到电脑前,开始在"想吃什么都有"美食城订餐。

小匆匆也跟爸爸妈妈一起订餐，因为他要确定他们没有忘记订意大利面。小匆匆最喜欢吃意大利面了，如果爸爸妈妈忘了订的话，他会非常不开心。

烤鸡

和 意大利面

炒饭

和 意大利面

"够了。"急匆匆先生说,"是不是还应该订份意大利面?"

急匆匆太太说:"不要,下次再说吧。"

他们又在键盘上噼里啪啦地敲了一阵,然后站起来,匆匆忙忙去做其他事了。

虎子一直在旁边看着。

小匆匆坐在那儿，想了一会儿心事。爸爸妈妈今天好像总是忘记他。

他坐到电脑前，也打开了"想吃什么都有"美食城的网站。

他找到"修改订单"的地方。

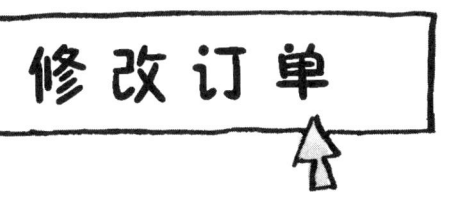

修改订单

他又找到了意大利面。

购物车

把它放进了购物车。

订餐信息来了:"您的意大利面已下单,将和您订的烤鸡、炒饭、蔬菜和苹果派一起派送。预计23分钟后送达。"

"太好了!"小匆匆说完,回自己的房间去了。

虎子跳到了椅子上。

他把爪子搭在键盘上，也点开了"想吃什么都有"美食城的网站。

他找到了"修改订单"的地方，把菜单往下拉，直到卖猫粮的地方。

虎子看了看菜单，上面真是什么都有。

好难选啊。

最后，虎子选了"咕噜嗝儿"。因为他觉得这个名字听起来像他吃饭的声音。

于是他就点了"咕噜嗝儿"。

订餐信息来了："您的'咕噜嗝儿'已下单，将和您订的烤鸡、炒饭、蔬菜、苹果派和意大利面一起派送。预计 11 分 30 秒后送达。"

虎子来到门边坐着。

急匆匆先生上下翻飞地织毛活儿，这是他的爱好。

急匆匆太太火急火燎地玩拼字游戏，这是她的爱好。嗯，平时她喜欢拼字游戏，可今天晚上的拼字游戏让她有种拼命的感觉。

这时候门铃响了。

是"想吃什么都有"美食城的送餐员小姐姐。

她递过一个盒子。全家人围在桌边,看急匆匆太太打开盒子。

先拿出来的是烤鸡和炒饭。

然后是蔬菜和苹果派。

接下来是意大利面。

"你订的意大利面？"急匆匆太太问急匆匆先生。

"不是我。"急匆匆先生回答。

"嗯，"急匆匆太太说，"这就怪了。"

"咕噜嗝儿"拿出来了。

"你订了'咕噜嗝儿'?"急匆匆太太问急匆匆先生。

"不是我。"急匆匆先生回答。

"嗯,"急匆匆太太说,"真是奇怪到家了。"

"你想吃烤鸡吗?"急匆匆先生问小匆匆。

不了,谢谢爸爸。

"你吃炒饭吗?"急匆匆先生又问。

不了,谢谢爸爸。

"蔬菜？"急匆匆先生问。

"不了,谢谢爸爸。"

"苹果派？"急匆匆先生问。

"不了,谢谢爸爸。"

"那你想吃什么?"急匆匆先生问。

"意大利面。"小匆匆说。

"当然。"急匆匆先生给小匆匆盛了一盘意大利面。

全家人都坐下来吃饭了。

虎子还在等。

他就那么看着"咕噜嗝儿"!

一家人吃完了饭。

小匆匆和急匆匆先生、急匆匆太太匆匆忙忙地收拾了餐桌，把盘子放进洗碗机，然后一阵风似的离开了餐厅。

可虎子还在看着"咕噜嗝儿"罐头！他要饿"死"了。

第四章

小匆匆回到自己的房间,想着今天发生的事。

他想到早上如何听到妈妈匆匆忙忙地去上班。

他想到早上如何听到爸爸匆匆忙忙地去上班。

他想到自己如何独自坐在屋子里看墙纸上的鸟和鳄鱼。

接下来,他想起那声"扑通",是虎子落到工具棚顶的声音,想到自己觉得虎子是要去花园晒太阳……不过,等等……他并没亲眼看到虎子这样做,他只是以为虎子会这样做……

小匆匆就这样一直想了又想,琢磨了又琢磨。

他想起急匆匆先生如何跟虎子一起进了家门,然后送他去上学。

他想:还是这样好。

否则一整天坐在房间里就没那么好了……

且慢……这就是说,虎子跳下窗台,落到工具棚顶上,后来……后来……他去找爸爸了,因为知道我被留在家里了。

天啊!他想。

真神奇。

天啊!

随后,小匆匆又想到更多。
他想到订意大利面的事。
可真好吃。

终于,他想到在"想吃什么都有"美食城外卖盒里的那样东西。

外卖盒里怎么会有"咕噜嗝儿"罐头呢?

此时,小匆匆脑海里浮现出另外一幅画面:虎子坐在地上,眼巴巴地看着"咕噜嗝儿"。

哎呀,惨了!小匆匆想,我的好虎子,老伙计,是他在大街上飞奔着去追爸爸,这样我才能去学校的。好虎子,老伙计,本想着给自己订一罐"咕噜嗝儿",而他现在还在楼下饿肚子!

哦,不,他自己不会开罐头。

小匆匆站起来,跑到楼下一看,不出所料,虎子还在盯着"咕噜嗝儿"看呢。

"别担心,虎子,"小匆匆说,"我来搞定它。"

小匆匆拿起罐头,来到开罐头机前,把罐头放在上面。这个开罐头的神器是急匆匆先生和急匆匆太太从"想要什么机器都有"大商城买的。

机器动起来了,吱吱,咔!

小匆匆取来写着虎子名字的碗。

虎子的名字是这么来的:当急匆匆先生和急匆匆太太从"想要什么宠物都有"宠物店把虎子带回家的时候,家里正好有个碗,是他们从"想要什么碗盘都有"厨具城买来的,碗上写着"虎子",所以他们就给虎子起名叫虎子了。

小匆匆把"咕噜嗝儿"罐头倒进写着虎子名字的碗里。

虎子说:"这真是太好了。这就对了嘛,这就对了。"

可听起来,他的话是这样的:"喵……咪……噗……"

小匆匆轻轻地摸着虎子的头。虎子想,这才是我今天最想要的呀。当其他人摸他的时候,他都觉得很烦,因为那时候他真正想要的是吃的。现在吃饱了,再加上小主人的按摩……

还有什么比这更美妙的呢?

好虎子,老伙计,小匆匆想。

好匆匆,好兄弟,虎子想。

就在这时,急匆匆先生和急匆匆太太走了进来。

"匆匆!"急匆匆先生叫道。

"匆匆!"急匆匆太太叫道。

"我刚叫你了。"急匆匆先生说。

"我也是。"急匆匆太太说。

"我们想跟你谈谈。"急匆匆先生说。

"你们已经在谈了。"小匆匆说。

"首先,我们要向你道歉。"急匆匆太太说。

"对不起!"急匆匆先生说。

"其次，"急匆匆太太说，"我们想说，以后不会再发生这样的事了。"

"什么样的事？"小匆匆问。

"早上把你忘在家里啊！"

"哦，好的，"小匆匆说，"你们怎么能保证以后不会再发生呢？"

"就是说，"急匆匆先生说，"我们会……哦……要不……"

"是的，"急匆匆太太接着说，"我们会……哦……要不……"

"你们以后不要再这样匆匆忙忙了好不好？"小匆匆说，"我是说，你们做事不要总是这样着急。"

鸦雀无声。

没人再说话。

急匆匆先生和急匆匆太太,你看看我,我看看你。

"你知道,"急匆匆太太说,"这个主意非常好。"

"是很好的主意,"急匆匆先生说,"我认为这是个非常好的主意。"

"其实,这也是我想说的。"急匆匆太太说。

"也是我想说的。"急匆匆先生说。

"我也认为这个主意特别好,"小匆匆说,"虽然这就是我想出来的。"

虎子抬起头。

嗯,没错!他想,这实在是一个好主意。